Viver entre línguas

Sylvia Molloy

VIVER ENTRE LÍNGUAS

Tradução | Julia Tomasini
e Mariana Sanchez
—

coleção **NOS.OTRAS**

Há uma voz desterrada que persiste nos meus sonhos.
Vicente Huidobro, *El ciudadano del olvido*

Só podemos falar porque nosso idioma não está só.
Fabio Morábito, *El idioma materno*

INFÂNCIA

Para simplificar, às vezes digo que sou trilíngue, que me criei trilíngue, embora pensando bem a declaração complica mais do que simplifica. Além do mais, não é de todo certa: a aquisição dos três idiomas não ocorreu de forma simultânea, mas escalonada, e cada idioma passou a ocupar espaços diferentes, colorindo-se de afetividades diversas, talvez desencontradas. Primeiro falei espanhol, depois, aos três anos e meio, meu pai começou a falar comigo em inglês. Também quando eu tinha três anos e meio nasceu minha irmã: ao invés de jogar os pratos pela janela, como o menino Goethe quando nasce seu irmão Hermann Jakob, adquiri outra língua, que é outra maneira de romper com o que é seguro. O francês veio depois e não comemorou nenhum nascimento. Foi, antes, uma recuperação.

ROMANCE FAMILIAR

Minha avó, mãe de meu pai, como muitos imigrantes ingleses de sua geração, falava mal o espanhol. Custava-lhe dizer *tetera** e dizia (para grande hilaridade de seu filho) uma *tetada* de chá. Ficava aflita por eu não falar inglês, por ter aprendido a falar espanhol primeiro — creio que ela não gostava muito de que meu pai tivesse casado com uma *Argentine girl*, embora o fato de meu pai ser, ele próprio, um *Argentine boy* não lhe passasse pela cabeça. Um imigrante e um filho de imigrante se pensam em termos linguísticos, *são* sua língua. Minha mãe perdera o francês de seus pais, era monolíngue, portanto, argentina. Meu pai falava em inglês com a mãe dele e com as irmãs, e em espanhol com a mulher e os amigos. Às vezes o chamavam *che, inglês.*

Minha avó, mãe de meu pai, morreu quando eu tinha quatro anos: lembro ter ido visitá-la pouco antes de sua morte, lembro ter falado com ela, não sei em que idioma. Esta lembrança, este não saber em que idioma falei com ela, não me abandona. Aliás, usei-a em dois relatos, *trying to make sense of it*: em um deles, um menino fala em inglês e deixa sua avó feliz; no outro, se recusa.

---

*Bule, em espanhol. [N. das T.]

APRENDIZADOS

O fato de minha mãe não falar inglês impõe o espanhol nas reuniões da família paterna. Condescendentes, minhas tias, que são perfeitamente bilíngues, se adaptam. Já eu sinto vergonha. Quando se dirigem a mim, respondo em inglês para mostrar-me e para fazê-los verem que não sou monolíngue como minha mãe. "Talk in Spanish so Margot understands", me dizem. Fico irada.

Quando eu era menina de tudo, lembro que minha mãe fazia aula de inglês com uma inglesa do bairro cujo nome esqueci, embora lembre perfeitamente onde ela morava: ao lado de um hospital. Lembro a caderneta amarela de folha quadriculada em que minha mãe anotava o que ia aprendendo. Lembro como se zangou comigo quando me descobriu espiando aquela caderneta que ela guardava cuidadosamente na bolsa, cheia de exercícios não muito diferentes dos que me davam no colégio.

Não sei quando ela deixou de fazer aquelas aulas. O que sei é que a caderneta sumiu e minha mãe continuou monolíngue, como quem continua padecendo de um mal incurável. Também sei, pelos comentários que depois fazia, que ela entendia tudo o que eu e minha irmã nos dizíamos em inglês.

Mas me equivoco ao chamá-la de monolíngue. Aquele bilinguismo que poderia ter sido seu, e que seus pais lhe roubaram, permanecia, como vestígio, em certas conversas caseiras. Assim, tanto ela quanto minha tia usavam constantemente palavras francesas quando falavam de moda e de costura, palavras que guardo até hoje embora nem sempre saiba de que se tratam. Por exemplo: soutache. Como ilhotas da outra língua, elas flutuavam na conversa. Talvez remetessem a lembranças específicas de suas infâncias semibilíngues. Ou talvez não passassem de uma simples afetação de senhoras burguesas argentinas. Em todo caso, permitiam-me construir uma imagem menos linguisticamente desamparada de minha mãe.

PERDA

"Perder" uma língua, ficar deslinguado. Na família de minha mãe eram onze irmãos. Os três mais velhos falavam desde pequenos o francês de seus pais, que eu imagino espesso, meridional; depois a família se tornou monolíngue. Os pais, meus avós, continuariam falando seu francês na intimidade, quando contavam coisas um para o outro, quando faziam amor? Ninguém pode responder a esta pergunta. É como se o francês, naquela família, tivesse se escondido no armário. Penso: se eu tivesse tido filhos, em que idioma falaria com eles? Qual teria reprimido?

Sendo o francês o idioma que minha mãe perdera, eu quis, desde muito cedo, recuperá-lo em seu nome. Não queria que meu pai fosse bilíngue e minha mãe não. Desde muito menina pedi para aprendê-lo e contrataram uma professora, uma velha amiga de uma tia de minha mãe, para que ensinasse a minha irmã e a mim. Madame Suzanne, como a chamávamos, usava turbante e nos fazia ouvir Charles Trenet. Ainda hoje, se ouço *Ménilmontant*, inevitavelmente volto à copa da casa de meus pais, à Madame Suzanne, minha irmã e eu debruçadas sobre uma vitrola, e à minha mãe nos observando do outro quarto, como se quisesse juntar-se a nós e não se atrevesse.

A princípio, Madame Suzanne se desesperava, porque quando não sabíamos uma palavra nós prontamente afrancesávamos a palavra espanhola: *le café*, arriscávamos, mexia-se com *une cucharite**. Enquanto isso, Madame Suzanne, ao falar com minha mãe, fazia o mesmo em sentido contrário: ensinava uma receita e dizia que era preciso ter cuidado para o preparo não *tornar* ao invés de não *desandar*. Os exemplos que lembro, como se vê, remetem (ou re-tornam) à casa, à colher e à panela; remetem ao *caseiro*, embora as línguas do sujeito bilíngue nunca o sejam. Essa mistura, o ir e vir, o *switching* pertence ao domínio do *unheimliche* que é, justamente, o que abala a fundação da casa.

---

*Una cucharita é uma colherzinha. [N. das T.]

J'ÉCRIS MA LECTURE

Aprendi a falar primeiro em espanhol, mas a ler primeiro em inglês. Lembro-me de uma tal de Mrs. Richardson nos ensinando os sons do alfabeto em inglês (*Mr. A says A for Apple, Mr. B says B for Ball*: era um alfabeto rigorosamente masculino). Este curioso sistema para um idioma tão pouco fonético me permitiu transpor os sons ao espanhol, que, por sua vez, o é. Míster A dizia A e era A de *Apple* mas também A de *Água*. "Essa menina aprendeu a ler sozinha", exclamou minha tia no dia em que me descobriu lendo em voz alta em espanhol. Não ousei corrigi-la. Eu só estava traduzindo sons.

Ainda menina eu sabia que iria escrever, mas não sabia por onde começar. Lia vorazmente todo livro que caía nas minhas mãos, sobretudo em inglês. A única coisa que eu lia em espanhol, além das leituras obrigatórias do colégio, eram os livros secretos da minha mãe, que ela guardava em sua mesa de cabeceira e lia, salteando, antes de apagar a luz. Quase todos eram traduções do inglês – Margaret Mitchell, Pearl Buck, Vicky Baum –, à exceção de meia dúzia de livros traduzidos do italiano que eu li avidamente – Malaparte, Moravia – até minha mãe descobrir minhas leituras clandestinas e escondê-los. Voltei a Nancy Drew.

Houve, sim, um livro francês que eu li quando menina, em tradução: *Memórias de um burro*, da Condessa de Ségur. Identifiquei-me com Cadichon, com os maus-

-tratos a que o coitado do burro era submetido, e chorei com e por ele. As chantagens emocionais da Condessa – nada mais eficaz do que perturbar uma criança com o sofrimento de um animal – atingiram seu objetivo. Pouco tempo atrás comprei um exemplar antigo no original, na edição da Bibliothèque Rose Illustrée, para ver como aquilo "soava" em francês. Até hoje não fui capaz de abri-lo.

TERRITÓRIO

Cada idioma tem seu território, seu tempo, sua hierarquia. O colégio da minha infância é dividido em duas metades, inglês de manhã, espanhol de tarde. É, portanto, um colégio bilíngue. Porém, é chamado de "colégio inglês", sem dúvidas pelo prestígio que o termo denota, mas também pela lei que impera. Se uma aluna falar em espanhol de manhã e não em inglês, e for pega por uma professora, ela é castigada. Deve ir à sala da diretora assinar o *black book*, que vem a ser uma cadernetinha preta menos funesta do que parece. Com três assinaturas você é expulso. Outras transgressões sérias que levam à assinatura e eventual expulsão: estar com a meia enrolada no tornozelo, o cabelo sem prender ou colar de uma colega. São ofensas graves (tão arbitrárias quanto os pecados mortais da igreja católica), mas falar em espanhol durante as manhãs inglesas talvez seja a pior.

De repente, lembro algo interessante: piadas de sacanagem eram contadas em espanhol, a língua proibida nas manhãs. Quer dizer, a anedota era contada em inglês, mas "as partes" só eram ditas em espanhol, como aqueles textos médicos oitocentistas que recorriam ao latim para falar do inominável. Só depois aprendi os equivalentes em inglês, através de leituras. Como se sabe, a literatura cumpre múltiplos propósitos.

À tarde o colégio é em espanhol. Se alguém fala em inglês ninguém se importa. Não há castigo. O espanhol, comparado com o inglês, é uma língua desbotada, pelo menos para nós que a trazemos de casa. Como a mãe em Freud, é *certíssima*. Meus pais admiram esse sistema pedagógico não apenas pela divisão de tempos e espaços linguísticos, mas porque o inglês é de manhã, "quando elas estão mais frescas". Meus pais me repreendem, nos repreendem – a mim e a minha irmã – se misturarmos. A casa reproduz essas divisões no romance familiar: espanhol com a mãe, inglês com o pai. Mistura (quando não estão te ouvindo) entre irmãs, como uma espécie de língua particular.

Reconheci essa mesma mistura em uma de minhas viagens a Buenos Aires, numa loja de artigos regionais, *of all places*. Duas mulheres, mais ou menos da minha idade, bem vestidas, estão olhando umas *bufandas** de alpaca e conversam entre si. *Essa vai ficar bem nela, don't you think? Mas não quero gastar tanto, it's quite expensive, che.* The switching is effortless: terá lá suas regras, mas eu, como falante, desconheço-as: "switcheio", não analiso. Penso: essas mulheres devem ter ido ao mesmo colégio que eu, e agora que seus pais não estão ouvindo, misturam.

---

*Cachecóis, em espanhol. [N. das T.]

MISTURA

Escrevi *bufandas* e de repente me lembro de outro desvio linguístico: na Argentina as pessoas não dizem, ou não diziam (bilinguismos também têm suas modas) *bufanda*, diziam *écharpe*, ou melhor, *echarpe*, pronunciando o *ch* à francesa mas fazendo soar o *e* final. Mas os grã-finos diziam *écharpe*, pronunciando a palavra resolutamente em francês, essa outra língua da cultura argentina. Mais que bilinguismo, trata-se aqui de efeito bilíngue, não tanto um trabalho de *switch*, mas um trabalho de citação, tão típico do argentino um tanto afetado, ou de quem anda com argentinos afetados, não necessariamente bilíngues. Curiosidade cultural: José Bianco, memorável escritor e editor da revista *Sur*, visita a universidade de Princeton. Renomados hispanistas lhe perguntam que contato havia tido com Américo Castro quando este morava em Buenos Aires. Como era, queriam saber aqueles hispanistas, o autor de *La peculiaridad lingüística rioplatense y su sentido histórico*? Bianco conta que era muito simpático, encantador, e que falava como uma madame argentina. Assombro geral, pedidos de explicação. A cada três palavras em espanhol ele deixava cair duas em francês, que, vale aclarar, falava muito bem, responde Bianco francamente. Instala-se o desconcerto: para estes hispanistas, tão atentos a noções de pureza da língua, é impossível aceitar o óbvio: que o campeão da heterodoxia, fiel a suas ideias, ousasse misturar.

PONTO DE APOIO

Por que falo de bilinguismo, do meu bilinguismo, a partir de um idioma só, e por que escolhi fazê-lo a partir do espanhol? Não sei se *escolher* é a palavra, apesar do termo ter adquirido certa distinção heroica, como em *le choix de Moréas* ou nas declarações de Conrad ("eu não escolhi o inglês, o inglês é que me escolheu"). Queira ou não queira, sempre somos bilíngues *a partir de* uma língua, aquela onde nos hospedamos primeiro, mesmo que provisoriamente, aquela em que nos reconhecemos. Isso não significa aquela em que nos sentimos mais confortáveis, nem a que falamos melhor, muito menos a que usamos para escrever. Há (é preciso encontrar) um ponto de apoio, e a partir desse ponto a relação com a outra língua se estabelece como ausência, ou, antes, como sombra, objeto de desejo linguístico. Apesar de ter duas línguas, o bilíngue fala como se sempre lhe faltasse algo, em permanente estado de necessidade. (Traduzo esta última frase do francês: *état de besoin*. A expressão descreve, entre outras coisas, o estado do viciado que precisa de outra dose, outro *fix*). Apesar de ter duas línguas, o bilíngue fala sempre alterado, alterado como o termo era usado nos anos quarenta para indicar que alguém não tem total controle de suas reações, "ela fala ou ri como uma alterada". O bilíngue nunca se desaltera, com o perdão do galicismo. *Désaltérer*: matar a sede.

Sempre escrevemos a partir de uma ausência: a escolha de um idioma automaticamente significa o fantasmamento do outro, mas nunca sua desaparição. Aquele outro idioma em que o escritor não pensa, diz Roa Bastos, pensa-o. O que a princípio parece imposição – por que ter de escolher? – logo se torna vantagem. A ausência do que foi postergado continua a operar, obscuramente, como um tácito *autrement dit* que complica o escrito no idioma escolhido e o encarde. Ou melhor, o infecta, como diz Jacques Hassoun, usando o termo como é usado na pintura quando uma cor se insinua na outra. "Nous sommes tous des 'infectés' de la langue".

And yet, and yet. Essa contaminação também se dá nos hábitos de leitura mais comuns do bilíngue, com efeitos desconcertantes. Sei que quando estou dirigindo no campo e vejo um outdoor na beira da estrada que diz "Icy pavement", por um segundo penso "icy" em francês (e o que é pior, pretensiosamente, penso-o com ípsilon, no francês medieval que um dia estudei): "Aqui pavimento." Ou se eu vejo no campo uma placa à margem da estrada anunciando "Hay", minha primeira reação é lê-la em espanhol (a partir do espanhol), e penso "O que é que há?", antes de perceber que o que há é *hay*, ou seja, feno. Para mim a placa deveria dizer "Hay hay", a primeira palavra em espanhol, a segunda em inglês. Estes pequenos desconcertos me irritam e mesmo assim não posso evitá-los: sou pega desprevenida.

LÍNGUA ANIMAL

Em que língua eu falo com meus animais, me pergunta um amigo. Nunca em francês, por algum motivo, digo a ele muito segura, talvez porque o francês nunca chegou a ser realmente uma língua caseira, e os animais são parte da casa. Continuo ruminando e acrescento: talvez eu fale em inglês porque gosto de falar nonsense com os animais quando ninguém está me ouvindo, inventar nomes absurdos para eles, e o inglês se presta mais ao sem sentido. Mas não, corrijo-me, devo usar os dois idiomas porque também chamo a cachorra de *mamita linda*, e olha que nunca chamei ninguém de *mamita linda* em toda a minha vida, *I wouldn't be caught dead*, mas com os bichos a gente pode ser cafona. Quanto aos disparates, tampouco são privilégio do inglês: durante um tempo, chamei uma das galinhas de Curuzú Cuatiá, não me pergunte o porquê.

Com as galinhas eu falo em espanhol, declaro muito segura, para assombro do meu amigo, que não sabia que eu tinha galinhas. Elas vêm correndo quando eu digo *¡Chicas, a comer!* E quando as faço entrar no galpão, canto para elas *A la cama, a la cama, a la cama con Porcel**. Conto isso como quem confessa um pecado grave, eu que nunca fui fã dos shows daquele gordo vulgar. Meu amigo dá risada e (creio) entende.

---

*Referência ao programa *A la cama con Porcel*, do humorista Jorge Porcel, veiculado na tevê argentina nos anos 1990. [N. das T.]

ECOLALIAS

Cada vez com maior frequência eu me surpreendo repetindo frases inanes, pedacinhos de falas semiesquecidas, frases absurdas oriundas de lugares comuns que ficaram na minha memória, ou de músicas que lembro vagamente, ou de palavras que eu e minha irmã inventávamos quando crianças e nas que combinávamos os idiomas que sabíamos com aqueles de que mal tínhamos uma ideia, ou citações de textos aprendidos de cor ("Un songe, me devrais-je inquiéter d'un songe"), tudo isso numa cantilena que repito quando estou sozinha, como para falar comigo mesma, e que não gostaria que ninguém ouvisse – achariam que estou perdendo o juízo.

Lembro que o pai de uma amiga, já quase senil, ficava repetindo a palavra *vaticano* – era na época do segundo concílio –, só que a dizia pronunciando sua língua materna, o V virava P, e seu *paticano* causava graça até cansar os ouvintes. Penso também na minha amiga que perdeu a memória e que emite, de vez em quando, em voz rouquíssima porque é como se tivesse esquecido como falar, palavras absurdas que dependem puramente de rima, *cuti-cuti* e coisas do gênero. Penso em mim mesma, nas vezes em que estou balbuciando, se não absurdos, restos insignificantes de pátria, como *mamboretá** ou *mejor mejora Mejoral***.

*Termo guarani para "louva-a-deus". [N. das T.]
**Comercial de aspirina veiculado na televisão argentina nos anos 1940. [N. das T.]

Pergunto-me qual será a língua da minha senilidade – se ela me pegar – e em que língua morrerei. Serei trilíngue, ou nos despojos que eu exprimir prevalecerá uma língua sobre as outras? Por outro lado, alivia-me o fato de que, pelo menos uma vez, não precisarei escolher.

NÃO QUERER SER OUTRO

Apesar do multiculturalismo do qual se gaba, o país em que vivo é decididamente monolíngue. A aparente superioridade que tal limitação confere a seus habitantes costuma virar indulgência burra e cínica para com outros idiomas que importam palavras. Como aquela minha amiga que ri dos *week-end* e *pique-nique* ouvidos da boca dos franceses. Eu canso de lhe dizer que é o contrário, que *pique-nique* é, originalmente, uma expressão francesa que o inglês adotou, e não o inverso. Também canso de lhe dizer que o inglês, como todo idioma, pede emprestado e saudavelmente adapta, como a *chaise lounge* da classe média norte-americana, muito mais expressiva do que a palavra francesa que transpõe, *chaise longue*. (O francês, objetivamente, descreve as dimensões da cadeira; o inglês, astutamente, o que a gente faz nela: vadiar).

Minha amiga continua sem acreditar em mim ou imediatamente esquece o que eu lhe digo. Para o monolíngue não há mais do que uma língua a partir da qual se pensa um único mundo, e o diferente sempre se dá – se é que se dá – perigosamente: em tradução.

PICTURES OF HOME

De acordo com um estudo recente sobre língua e imigração comentado pelo *The New York Times*, imigrantes chineses que residem nos Estados Unidos tendem a falar inglês com maior desenvoltura quando são mostradas a eles fotografias de alguma paisagem norte-americana emblemática (o monte Rushmore, digamos) e não uma chinesa (por exemplo, a Grande Muralha). Além disso, quando era colocada em frente aos participantes deste estudo a fotografia de um chinês e pedia-se que dialogassem com ele em inglês, tendiam a ser menos loquazes do que quando viam na tela a foto de um norte-americano. Os autores do estudo descrevem esta experiência como *frame switching*, passar de um enquadramento a outro, e sugerem que é a reação natural do cérebro para se adaptar a novos pontos de referência. O título da matéria resumia a experiência: "Seeing Pictures of Home Can Make it Harder to Speak a Foreign Language".

Conclusão: para se sentir confortável e mesmo loquaz em outro idioma, é necessária a imersão total no estrangeiro e o esquecimento: que não haja rastros do *home* que ficou para trás. Mas quando é que trazemos conosco esse *home*? Quando é que essa estrangeirice vira parte de nós mesmos?

Por outro lado, o comentário do *Times* não considera para quem se fala. Para o outro? Para mim? Para a imagem que me mostram?

LIBERDADES

Nas feiras de rua de Nova Iorque, abundam os vendedores indígenas oriundos de países andinos. Vendem tecidos de alpaca, gorros, alguns vasos, camisas de linho grosso. Um amigo me conta que uma moça peruana que trabalha no consulado do Peru em Nova Iorque reclama dessa imigração, talvez por sua indesejada visibilidade, mas sobretudo, ao que parece, por motivos linguísticos. Mais especificamente, ela reclama de um bilinguismo que foge do seu controle de funcionária consular: "Esses aí passam direto do quéchua para o inglês", parece que ela diz, com desprezo.

CRUZAMENTOS BILÍNGUES

Em uma tentativa absurda de limpar o país de indesejáveis, o ditador dominicano Rafael Leónidas Trujllo determinou em 1937 eliminar os haitianos que quase diariamente cruzavam a fronteira por razões de trabalho, ou que já a haviam cruzado anos antes para se radicar em um país que lhes oferecia melhores oportunidades. O crivo pelo qual o suposto haitiano tinha de passar era linguístico. Paravam-no, faziam-no dizer a palavra *perejil** (ou, dizem outros, *tijera colorada***) e se ele a pronunciasse com o erre gutural do francês e com um jota dificultoso, a entrada era negada e, em mais de um caso, ele era morto. O *perejil* era seu *shibboleth*, como para os membros da tribo de Efraim: delatava uma estrangeirice intolerável, um não pertencimento. Dizem que morreram assim de quinze a vinte mil pessoas, entre elas também dominicanos que, embora pronunciassem direito a palavra, tinham a pele escura.

O rio que estabelecia a fronteira se chamava (ou continua se chamando?) Masacre, em memória a uma violência prévia ocorrida muitos anos antes. Os acontecimentos de 1937 deram nova força ao nome. A palavra *masacre* é pronunciada praticamente igual em francês e em espanhol. Salvo, evidentemente, por aquele maldito erre.

---

*Salsinha, em espanhol. [N. das T.]
**Tesoura vermelha. [N. das T.]

BILINGUISMO IMIGRANTE

José Ramírez Salguero, salvadorenho, mora nos Estados Unidos há alguns anos. Não é residente oficial do país, mas algo como um hóspede legal a quem é permitido trabalhar e voltar, de quando em quando, a sua pátria. É meio bilíngue, quer dizer, se vira num inglês fluente e macarrônico. Seu rosto se ilumina quando percebe que seu interlocutor fala espanhol.

José Ramírez Salguero abriu uma empresa de construção na qual trabalham todos os seus irmãos mais novos que, feito personagens de García Márquez, também se chamam José e apenas se diferenciam pelo segundo nome: José Elías, José Ramón, José David. Trabalham com eles outros salvadorenhos – um deles, de olhos muito azuis, chama-se Bartleby, como o personagem de Melville, e nunca saberei o porquê do nome. Não me atrevo a perguntar, ele diria que preferiria não me dizer. Ao contrário do escrivão homônimo, é muito ativo, um bom trabalhador, como conta o José original, que está realizando seu *American dream*.

Se José é meio bilíngue, seus irmãos e colegas são menos ainda. Isso deu origem a um idioma intermediário, onde a sintaxe é espanhola mas o vocabulário técnico, principalmente o que se refere a materiais de construção desconhecidos em El Salvador, é em inglês ou algo similar. Assim, martelo e furadeira coexistem com *shirra* – que logo aprendi ser *sheetrock* –, com *toile*, de *toilet*, com *rufo, trim, besmen* e *boila*. Quando José e seu pessoal vêm fazer algum trabalho aqui em casa eu me pego nessa mistura com total naturalidade, afinal de contas não faço ideia como se diz *sheetrock* em espanhol. Quanto a *boila*, uma vez arrisquei *caldera* e eles ficaram me olhando sem entender, parece que em El Salvador se diz de outra forma. Já com *boila* e *shirra* nos entendemos. Num país que não é o nosso, isso é o principal.

NOME

Que nome dar ao sujeito bilíngue, ao recém-nascido a quem está prevista uma vida bilíngue? Frequentemente tenho ouvido os futuros pais declararem querer um nome que funcione nos dois idiomas, com mínima adaptação, sem que seja necessário traduzi-lo. Digamos, Tomás/Thomas, ou Olivia/Olivia, ou Ana/Anna, ou Martín/Martin. (Por exemplo, nada de Hermenegildos, de Duncans: eu ia ao colégio com uma menina nascida no Havaí que se chamava Leloni e no horário do espanhol – não no do inglês –, para deixá-la furiosa nós a chamávamos de "Lela"*). Talvez seja válido esse esforço de escolher nomes *passepartout*, como o personagem de Julio Verne, para facilitar a vida do filho que vai e vem entre culturas. Mas em termos gerais nenhum nome funciona "nos dois idiomas". Sempre é necessário traduzi-lo. A mesma coisa com os sobrenomes. O meu, irlandês, é inconfundivelmente irlandês na Irlanda e nos Estados Unidos. Na Argentina, onde costumam pronunciá-lo acentuando a primeira sílaba, mais de uma vez acharam que era judeu: se Portnoy, por que não Mólloy? E numa viagem pela Borgonha, anos atrás, reconheceram-no como "un nom du pays": de fato há um vilarejo perto de Dijon que se chama Moloy e que se pronuncia, previsivelmente, *moluá*.

*Tonta, boba em espanhol. [N. das T.]

OUTRO NOME

Chamava-se Ana María, mas uma de minhas tias, irmã do meu pai, apelidou-a de Annie May, talvez porque o nome original lhe parecesse argentino demais. O nome pegou, acabou até mesmo substituindo o próprio, mas se argentinizou no ato. Tanto minha mãe quanto minha tia, monolíngues, o pronunciavam (e inclusive o escreviam) Animé. Só a chamavam de Ana María quando falavam muito sério com ela ou a repreendiam. Naquela época, que fique claro, não existiam os desenhos animados japoneses de mesmo nome. Não sei se minha irmã teria achado tão divertido ter nome de *cartoon*.

Com meu nome nunca houve problemas. Engano-me: é Sylvia com ípsilon, como em inglês, o suficiente para, naquela época, estrangeirizar-me. E para que, ao dizer meu nome, invariavelmente o escrevessem errado.

Meus pais diziam que nos haviam dado apenas um nome para não nos complicar a vida. Mas se enganavam: para o bilíngue, complicação é a vida mesma.

MAIS SOBRENOMES

Se os nomes viajam mal de um idioma para o outro, o que dizer dos sobrenomes? Abundam as histórias de sobrenomes estrangeiros adaptados e deformados por algum funcionário de imigração distraído, novos sobrenomes que, conta Eva Hoffman, os próprios donos não conseguem pronunciar e nos quais terão de aprender a se reconhecer. Para não falar dos sobrenomes que precisam ser modificados porque, logo percebem, complicam sua assimilação no novo país.

Kagan passa batido em inglês, nem tanto em espanhol. Com *Kuntz* acontece o contrário, como acabei comprovando num consultório médico em Nova Iorque. Quando chamaram a paciente, pronunciando seu sobrenome em inglês, fez que não era com ela. Finalmente, cansada de ouvir ser chamada errado assentiu e, possessa, corrigiu a enfermeira pronunciando seu sobrenome corretamente, em alemão. Necessário acrescentar que o consultório em questão era de ginecologia, e que *Kuntz*, pronunciado em inglês, soa igual a *cunts*. Quer dizer, vaginas. Ou melhor: *bucetas*.

EXCESSOS BILÍNGUES

O prazer de recuperar uma língua, de se viver nela sem pensar, por um instante, nas outras. Ontem falei com uma amiga de Paris com quem há tempos não falava. Mantínhamos contato eletrônico, quer dizer, eu lhe enviava e-mails em impecável francês, trabalhosos de escrever porque meu computador confunde sinais, tremas e todo tipo de acento. Mas dessa vez eu tinha urgência em falar com ela pessoalmente e me permiti fazê-lo, abandonando-me ao prazer da outra língua, aquela que não costumo falar, como um novo rico que descobre sua inesperada – ou, no meu caso, adiada – riqueza: esbanjamos *quand même, tout compte fait, par surcroît*. Não consegui deslizar um *qu'à cela ne tienne* porque achei excessivo. Quando terminei e fui para o outro cômodo, percebi que o homem que estava fazendo um conserto em casa tinha me ouvido, tinha reconhecido que eu estava falando francês e ficara maravilhado com meu plurilinguismo. Ele é polonês, custa-lhe falar inglês, às vezes nos comunicamos por gestos. Ao ir embora, apontou para a janela e disse, abrindo um sorriso, algo que soava como uma combinação de *deers* e *bears* e que eu não entendi. Depois de sucessivas repetições e certa aflição de ambas as partes, percebi que não estava falando nem de veados, nem de ursos: estava tentando dizer "pássaros" em inglês. Era sua tentativa de falar a outra língua como eu havia falado pelo telefone, pomposamente – um *bird* bem equivale a um *qu'à cela ne tienne* –, e eu, ainda absorta em meu pavoneio linguístico e minha performance em francês, não havia entendido. E me senti culpada.

FALA CASEIRA

Durante anos resisti em voltar *pra valer* a Buenos Aires, e com isso quero dizer voltar a uma casa que pudesse chamar de minha. Assim, ficava em hotéis, o que contribuía com uma certa marginalidade baratamente *louche* que me satisfazia, marginalidade que caracterizava (e que talvez continue caracterizando) minha relação com o lugar onde nasci. Por alguma razão anos atrás decidi comprar um apartamento, que concebi especificamente como um *pied-à-terre*: lugar de passagem onde me hospedo algumas semanas sempre que vou, não o lugar em que moraria permanentemente se um dia voltasse *de vez*. Mas por ora basta.

O que eu não previa é que essa minha nova casa – porque afinal é isso o que é, ainda que provisória – ia me permitir recuperar velhos hábitos linguísticos e adquirir outros novos, retomar o vocabulário cotidiano, mais especificamente, o *caseiro*. É como brincar de casinha depois de mais de quarenta anos sem ter uma, fazer listas do que precisa comprar na mercearia, deleitar-me com as novas marcas que o supermercado oferece, não mais La Martona e sim La Serenísima, ou Cif ao invés do Puloil, e sobretudo não deixar que me peguem desprevenida, que descubram que minha casa não é minha casa.

O aprendizado da língua caseira exige atenção, como qualquer aprendizado. Adquirem-se termos novos, palavras esquecidas são desempoeiradas, mas nunca, nunca se deve revelar demais recorrendo a termos de lá e, muito menos, a termos daquele tempo. Trata-se de uma espécie de cabotinismo linguístico, um regozijo, como se se citasse num idioma para impressionar o outro. Que outro?

LAPSO

Em que língua acorda o bilíngue? Quando estou fora de casa, quando estou viajando, o som do telefone me acorda e tenho que fazer um esforço para atender na língua correspondente, a do lugar onde estou: se não, sinto que cometi um erro, um deslize. Baixei a guarda, deixei antever algo que em geral não se vê, embora eu não saiba bem o que é. É como se me flagrassem numa atitude comprometedora. Certa manhã, recém-desperta, comecei a falar com a pessoa que dormia ao meu lado e achei que não me entendia. Apenas sorria enquanto eu me empenhava em repetir o que estava dizendo, exasperada por não obter reconhecimento: parecia um sonho no qual achamos que estamos falando, mas as palavras não saem. De súbito acordei totalmente e percebi que havia estado falando na outra língua, a que ela não falava. Nunca soube o que eu queria ter lhe dito de verdade. E por que digo "de verdade"?

RECONHECIMENTO

Surpreendentemente, minha amiga que sofre de Alzheimer não esqueceu o inglês, idioma que aprendeu na juventude. Simplesmente não sabe mais falá-lo. Explico: se alguém lhe diz algo em inglês, ela responde perfeitamente em inglês. Se alguém fala com ela em espanhol, mesma coisa. Mas, se no meio de uma conversa em espanhol alguém muda de língua, ela fica perturbada. Quer dizer, não consegue mais fazer o *switch* como qualquer bilíngue, fica colada na língua em que a conversa começou, tentando em vão entender o que foi dito em inglês *a partir* do espanhol. A última vez que isso aconteceu ela se assustou, vi o desassossego em seus olhos, como se um estrangeiro tivesse aparecido no meio do quarto. Pergunto-me se aconteceria o mesmo numa conversa em inglês que passasse, sem aviso, para o espanhol. Tentaria entender a partir do inglês ou se acomodaria no ato à mudança de língua? Desconfio que reconheceria a língua intrusa, mas na verdade não tenho embasamento, apenas uma vaga crença na remanência da língua chamada materna. Mas se ela não reconhece as pessoas, como reconheceria a própria língua, alienada, talvez ameaçadora?

VIOLÊNCIA

Jules Supervielle, sujeito bilíngue uruguaio-francês, acredita que um escritor só pode sê-lo em uma língua: para ele, definir-se poeta francês significou "délibérément fermer à l'espagnol mes portes secrètes, celles qui ouvrent sur la pensée, l'expression et, disons, l'âme". O espanhol sobrevive apenas em lufadas, ele diz, sobrevive em sua vida não tanto em frases inteiras, mas em alguns "borborygmes de langage". Lembro a definição do termo: *borborigmo* é, na brutal definição de Julio Casares, "o ruído das tripas produzido por flatulências intestinais".

Conta-me sua sobrinha, também escritora, que Supervielle havia imposto o francês como língua doméstica: era o único idioma que falava com sua mulher, uruguaia como ele. Pilar tinha dificuldade de falar em francês, me conta Silvia Barón Supervielle. Era horrível escutá-la. Falava com muitíssimo esforço, como se se violentasse, não era ela mesma. Os borborigmos em espanhol do marido passaram a ser os borborigmos em francês de sua mulher. A que custo se é poeta.

Esta sobrinha de Supervielle é poeta. E também é – na mais ampla acepção do termo – tradutora.

MANSÕES VERDES E TERRAS PÚRPURAS

Seria mesmo bilíngue? Nasceu em Quilmes, de pais norte-americanos que o criaram em inglês. Não se sabe como se virava em espanhol, embora sem dúvidas o falaria com certa desenvoltura em conversas com as crianças que brincavam com ele e, mais tarde, com gente do campo, com quem passou boa parte da vida. Viveu trinta e três anos na província de Buenos Aires antes de partir para Londres e se transformar no escritor inglês que escolhera ser. Com frequência comete erros de ortografia ao citar uma palavra em espanhol, língua que chama *the vernacular* ao invés de *Spanish*. Quando fala sobre argentinos, chama-os *the natives,* como se ele próprio não fosse. Quando fala de indígenas, chama-os *the savages.* Falaria com sotaque? Em espanhol? Em inglês? Durante a conversa intercalava o uso da língua nativa, diz um crítico, ou seja, como muitos de nós, *switcheava*. Mas qual era essa língua nativa?

Lembro que era lido na escola, em tradução, embora este detalhe não fosse mencionado. Hudson era um autor argentino, ou melhor, um autor *nacional*. Até seu nome tinha sido traduzido: não era William Henry, mas Guillermo Enrique. Aliás, mais de uma edição omite o nome do tradutor, criando assim a ilusão de que líamos um texto original. Desse modo, o verdadeiro original, o texto em inglês, se fantasmagoriza e Hudson se torna, para o leitor ingênuo, um escritor *nosso*, monolíngue. O texto em inglês fica de escanteio, como uma tradução remota, pouco lida, do texto em espanhol.

As traduções para o espanhol de Hudson se empenham em reforçar seu autoctonismo. O tradutor recorre a um espanhol agressivamente local, *agauchado*, que supera de longe os textos nativistas que lhe são contemporâneos. Um bastante vitoriano "Do you hear the mangangá, the carpenter bee, in the foliage over our heads? Look at him, like a ball of shining gold among the green leaves, suspended in one place, humming loudly!" se transforma em "Oye el mangangá allá arriba entre las ramas? Parece una bola'e oro relumbroso colgada en el aire entre lah'ojas verdes, zumbando tan juertazo!"*. É verdade que quem fala aqui é um gaúcho, portanto poderíamos dizer que o tradutor não se afasta do original, mas que o torna mais verossímil. Mas o mesmo tom apaisanado se estende, às vezes, ao próprio narrador: a primeira pessoa que narra estas histórias se torna homem de campo, deixa de ser alguém que considerava seu traslado à Inglaterra um *going home*.

Falando em originais: poucos lembram que o primeiro título de *La tierra purpúrea* era *The Purple Land that England Lost*. A referência às fracassadas invasões inglesas de 1806 e a insólita frase – no fim das contas só perdemos aquilo que já temos ou a que acreditamos ter direito – possivelmente suscitaram curiosidade e certa

---

*"Tá ouvindo o mangangá derriba dos galhos? Parece uma bola d'ouro reluzente balangando no ar entre as folhas cor de mate num baita zunido." [N. das T.]

nostalgia no leitor inglês; não tanto no leitor argentino. Não há rastro daquele resto de frase nas edições argentinas do livro, nem mesmo na primeira tradução. Como escritor argentino, Hudson não pode ceder, sequer no título, ao sonho imperial de outro país. Ou de outra língua.

VOO DIRETO

Conta George Steiner que sua mãe, burguesa vienense, começava uma frase em um idioma e terminava em outro, "os idiomas voavam pela casa toda". Este voo linguístico, que Steiner apresenta como um ir e vir totalmente natural, o voo linguístico direto, sem escalas, típico da classe ilustrada, nem sempre é tão confortável para os outros: assim como os trabalhosos deslocamentos linguísticos dos menos afortunados, aqueles que vivem entre um idioma postergado e outro idioma que não dominam de todo. Para este pobre de língua, não existe voo direto: existem as incômodas, desconcertantes (e por vezes humilhantes) escalas. Vazios do dizer.

Steiner registra, porém, esse quê de desconforto quando fala de tradução, ou seja, do ir e vir *por escrito*. "A viagem de ida e volta pode deixar o tradutor na intempérie (*unhoused*). Não está de todo confortável, nem no próprio idioma, nem no idioma ou nos idiomas que domina. (...) Tradutores reconhecidos falam de uma terra de ninguém". A diferença está na *escala*: quando eu faço uma pausa no voo e reflito — ou seja, começo a escrever —, a despreocupação linguística se dissipa. Penso, logo escrevo: se perder o ponto de apoio, perco minha casa.

O próprio Steiner se vê obrigado a observar que, mesmo nos voos diretos, às vezes há uma sensação fugidia de vazio, seja no momento em que uma palavra da outra língua se impõe quando não é encontrada na primeira, seja no momento em que a outra língua impõe (e bem aqui eu caio no jogo) sua *mot juste*. Steiner compara essa imposição com o rasgar brusco de uma seda furta-cor, "The sense is that of a brusque tear in a lattice of shot silk". Gosto da violência dessa imagem (somada ao fato de que em inglês *seda furta-cor* se diz *shot silk*), e também gosto da referência à *textura*. Por último, gosto do fato da seda (tecido materno?) não ser de uma cor uniforme, mas cambiante, de acordo com a luz do sol.

PARA NÃO PERDER O FIO DA MEADA

Conta um amigo que, quando Hudson escrevia e não encontrava uma palavra em inglês, imediatamente a substituía pela palavra em castelhano para poder assim continuar a narrativa sem perder o fio da meada. Não faz outra coisa um de seus personagens, um inglês instalado na Argentina que, depois de ter vivido anos *among the gauchos*, quase esquecera sua língua materna. Quando tentava falar em inglês com algum visitante, começava nesta língua mas logo vacilava e seu espanhol, mais fluente, interferia na conversa e a monopolizava. Acabava falando, diz Hudson, num *unadulterated Spanish*.

Acho que eu teria gostado de ver aqueles rascunhos de Hudson, ver seu *unadulterated English,* marcado pelo vaivém linguístico do qual todo escritor bilíngue é refém.

Dito isso, é evidente que Hudson escolhe o inglês. Mais ainda: constrói a si mesmo, poderíamos dizer, como escritor britânico. Curiosamente, ao falar de sua infância e adolescência, de suas leituras, daquele campo que ele olha já com paixão e dos animais que começa a catalogar, nunca manifesta o desejo de escrever nem vislumbra seu futuro como escritor. Isso virá mais tarde, quando se instalar em outra cidade e (quase) numa só língua: quando decidir ser um escritor inglês.

SOTAQUE

Alan Pauls conta que, quando pequeno, invejava os cantores europeus que cantavam músicas em espanhol com sotaque: Ornella Vannoni, Nicola di Bari, Domenico Modugno, nomes aos que não posso deixar de acrescentar o de Vikki Carr com seu inesquecível *Y volveré*. De minha parte, lembro como eu e minha irmã nos divertíamos escutando no rádio o fortemente acentuado e possivelmente não compreendido inglês da memorável Lilian Red, nascida Nélida Esther Corriale, *lady crooner* de Héctor y su Gran Orquesta de Jazz, quem cantava que amava alguém "with all my *rádensoul*". Levei um bom tempo para perceber que se tratava do tão manjado *heart and soul*; era muito mais misterioso *rádensoul*, algo assim como uma poção oriental, provocativa, talvez obscena para a menina que eu era na época.

Nunca falei com sotaque, quero dizer, sotaque que delatasse que eu passava de um idioma a outro. Apesar de fazer disso uma questão de honra – resquícios da boa aluna –, uma parte de mim o lamenta. Quando pequena, lembro que, imitando minhas tias inglesas, gostava de dizer "Belgraahno", até que uma tia não inglesa me corrigiu para sempre, dizendo que aquilo era *cocoliche** e para eu pronunciar direito o nome de quem era, afinal de contas, um prócer.

---

*Gíria falada por imigrantes italianos na Argentina, caracterizada por misturar seu idioma com o espanhol. [N. das T.]

Falar com sotaque delata o falante: *não se é daqui*. Às vezes se é de um lá prestigioso, como quem fala espanhol com sotaque francês ou inglês com sotaque britânico, mas nem sempre: pouco meses após chegar aos Estados Unidos, com meu inglês anglo-argentino e meu vocabulário um tanto antiquado, não me situaram à margem do Tâmisa, mas sim bem mais longe: "Are you from India?", perguntaram. Por algum motivo a referência colonial me consternou, talvez porque senti que me diminuísse. Eu não era totalmente a *English girl* que acreditava, em parte, ser.

Ao falar de bilinguismo, Elsa Triolet o descreve como uma condição: "Poderia se dizer uma doença: sofro de bilinguismo". Mas ao mesmo tempo observa: "Eu poderia ter abandonado meu sotaque russo. Preferi mantê-lo".

OU CALVO OU DUAS PERUCAS*

Aqueles que ouvem o bilíngue falar na língua deles nem sempre sabem que ele também fala em outra; se descobrem, consideram-no uma espécie de impostor ou também, por que não, um traidor. Esta percepção não é distante da que o sujeito bilíngue tem de si. Ele esconde a outra língua que o delataria: procura que não seja notada e, se tem que pronunciar uma palavra naquela outra língua, o faz deliberadamente com sotaque, para que não achem que ele passou para o outro lado.

Mas o vaivém entre línguas tem seu preço. Há *switching* e *switching*, como comprova o pouco lembrado e brilhante Calvert Casey, autor, justamente, de *Notas de un simulador*. Em sua obra abundam títulos que aludem a deslocamentos: *The Walk, El paseo, El regreso, In partenza*. Sua própria vida é puro vaivém e pose. De pai norte-americano e mãe cubana, nasce nos Estados Unidos, escreve em inglês um primeiro conto (que acaba premiado), parte para Cuba, onde muda de língua e se transforma em escritor cubano, troca Cuba pela Europa, onde trabalha de intérprete, instala-se em Roma, escreve um último romance em inglês e o destrói, à exceção de um capítulo que narra a trajetória de um eu dentro do corpo labiríntico do amado. Suicida-se.

*No original, *o calvo o dos pelucas*, expressão espanhola equivalente a "ou tudo ou nada". [N. das T.]

Poderia se dizer que foi escritor norte-americano no início, quando escrevia em inglês. Depois arquivou a língua durante boa parte de sua vida e só muito no final voltou a ela. No interregno foi escritor cubano e escreveu em espanhol.

Contam seus amigos que era gago, como o protagonista do seu conto *El regreso*, e que às vezes ficava com a boca aberta, sem língua. Talvez, também como seu personagem, falasse com um "vago sotaque estrangeiro". Mas em qual – ou melhor, a partir de qual – dos dois idiomas se reconhece a estrangeirice? E, principalmente, em qual deles a língua trava?

Detalhe insignificante que me persegue: Calvert Casey, a quem chamavam de La Calvita**, suicidou-se por overdose. *Eu sei disso*. Mas cada vez que penso na morte dele em Roma, imagino que se joga do andar mais alto de um prédio, como quem precisa finalmente aterrissar em algum canto. Não consigo me livrar dessa imagem.

**"Carequinha", num jogo de palavras com seu nome. [N. das T.]

LÍNGUA E TRAUMA

Pode-se falar em trauma no idioma que se falava — quer dizer, no idioma em que se *era* — no momento do evento traumático? Penso em Elie Wiesel, quem, antes de Auschwitz, dominava vários idiomas. Depois de Auschwitz, dedicou um ano ao estudo de *outra* língua, o francês, e nela escreveu sua obra como um desafio: "Queria mostrar que havia entrado em uma nova fase, provar para mim mesmo que estava vivo, que havia sobrevivido. Queria continuar sendo o mesmo, mas dentro de outra paisagem". Penso: para narrar o indizível, Wiesel queria principalmente desestabilizar a naturalidade com que falava as outras línguas.

Penso também em Olga Bernal, que também mudou de paisagem linguística, possivelmente pelos mesmos motivos. Primeiro passou do tcheco ao francês para escrever sua obra crítica e, no fim da vida, quando por alguma razão se sentiu chamada a dar seu testemunho do trauma dos campos de concentração, mudou de novo: o francês havia se tornado familiar demais.

Ou melhor, mudou de forma de expressão: trocou a literatura pela escultura.

A LÍNGUA DO PAI

O sonho da língua cortada, tingido de vermelho, se repete quase todas as noites: o amante da criada búlgara agita uma faca rente ao rosto do menino, ameaçando arrancar-lhe a língua se ele os delatar. Em que idioma falariam? O homem só pode ameaçar em búlgaro; o menino, para delatá-lo, precisaria tê-lo feito em ladino, a língua que fala com os pais. Porque desde muito jovem Elias Canetti tem múltiplas línguas: búlgaro fora de casa, ladino em família, inglês (quando a família se muda para Londres) com o pai, alemão, mais tarde, com a mãe. Ou não tem nenhuma.

A língua familiar é o ladino, mas não é a língua que os pais falam entre si. A intimidade do casal se dá em alemão, língua literalmente vedada ao filho: "Não me era permitido compreendê-la". Os pais se negam a inclui-lo no diálogo: "Depois de implorar em vão eu saía furioso para um quarto raras vezes utilizado, e me repetia as frases que ouvira deles, com a mesma entonação, como fórmulas mágicas". Mas sempre cuida para que os pais não percebam: se eles têm seus segredos, ele também tem os dele.

Morto o pai, a mãe o submete a um estudo feroz do alemão, fazendo-o memorizar frases de um livro que não lhe é permitido ver e repreendendo-o duramente quando se equivoca. O menino por fim aprende e a mãe o reconhece em seu novo avatar linguístico: "Você é, afinal de contas, filho meu". Começa, por assim dizer, a lua de mel entre mãe e filho, falam em alemão fora já da cena pedagógica: "Ela tinha uma necessidade profunda de falar alemão comigo, era a língua de sua intimidade". Também, pelo visto, a do filho: "O idioma do nosso amor – e que amor imenso era! – se tornou o alemão".

O filho passa a ocupar o leito linguístico do pai e a língua paterna se torna língua de escrita. Também passa a ser língua de rememoração: "Todos os eventos dos meus primeiros anos se davam em ladino ou búlgaro. Somente muito mais tarde se transformaram dentro de mim em alemão".

O título deste primeiro tomo de memórias de Canetti foi traduzido de forma diversa, como *La lengua salvada* ou *La lengua liberada**. As conotações são mais do que nada positivas, triunfais até, longe de toda ideia de corte, mutilação ou violência. Parecem celebrar uma vitória; a ablação linguística do sonho ficou para trás.

---

*No Brasil, *A língua absolvida* (Cia das Letras, 1987. Trad. Kurt Jahn).

FRONTEIRA

Ser bilíngue é falar sabendo que o que se diz está sempre sendo dito em *outro* lugar, em muitos lugares. Esta consciência da inerente estranheza de toda comunicação, este saber que o que se diz é desde sempre alheio, que o falar sempre implica insuficiência e sobretudo *doblez* (sempre há *outra* maneira de dizê-lo) é característica de qualquer linguagem, mas, na ânsia de estabelecer contato, esquecemos disso. O bilinguismo implícito daquele que domina mais de uma língua — por hábito, por comodidade, como desafio, com fins estéticos, seja simultânea ou sucessivamente — torna evidente esta alteridade da linguagem. Esta é a fortuna do bilíngue, e é também sua desgraça, seu *undoing*: sua des-feitura.

Lembro o que diz Nabokov de sua passagem ao inglês: ao traduzir *Desespero*, descobre que pode usar o inglês como *a wishful standby* do russo. A troca de um idioma por outro não está isenta de melancolia: "Ainda sinto uma pontada de dor dessa substituição".

Lembro também que há muito tempo, antes da minha primeira saída da Argentina, encontrei num texto de Valery Larbaud, escritor esquecível e esquecido porém notável tradutor, uma frase memorável. Numa lista de recomendações literárias, Larbaud anotava como mandamento para todo escritor: "Donner un air étranger à ce qu'on écrit". Achei o conselho brilhante, porque transformava o que eu percebia como falha em vantagem —

às vezes incômoda, mas uma vantagem, afinal. Dava-
-me, também, permissão para escrever "em tradução".
E foi o que fiz. E continuo fazendo.

AFTERTHOUGHT

Quando me disponho a escrever algo novo, sempre me custa começar, como se não encontrasse o lugar onde assentar-me. Na maioria das vezes recorro a um truque decerto fácil, mas não menos eficaz. Imagino-me no *outro* idioma, naquele que não vou usar para o texto que estou por começar, e então saio escrevendo, provisoriamente, consciente de ser uma escrita passageira, um desperdício, algo que não vai durar. A tática, por mais forçada que seja, costuma funcionar. Depois eu paro e traduzo o que escrevi ao idioma em que penso escrever o resto do texto, texto que me parece menos difícil agora que o outro idioma abriu caminho. Este laborioso exercício de tradução me permite a entrada numa escrita que no início me assombrava. A meu ver, tenho praticado um ato de contaminação saudável.

TEXTO ORIGINAL

Anos atrás dei um curso em inglês sobre Borges para um grupo de alunos em Nova Iorque. Previsivelmente, Borges os desconcertou e o desconcerto foi proveitoso: tornou a aula mais leve, incentivou-os, literalmente, a se *divert*-irem. A língua não era um obstáculo, os textos estavam em inglês e a noção do outro idioma não inquietava. Pelo menos no começo.

A maioria destes alunos era, de fato, bilíngue, embora – algo notável, tratando-se de Nova Iorque – houvesse apenas uma aluna que falava espanhol. Mas para todos a *outra* língua ficava na retaguarda, em casa. Lá, falavam chinês, húngaro, árabe, hindi, até mesmo tagalo, com os pais mas sobretudo com algum parente mais velho: o faziam por razões práticas, sem atribuir ao idioma outra função que a da comunicação mais elementar e doméstica. O idioma da família, o chamado *heritage language*, de fato os havia deserdado – ou eles o idioma. Carecia de todo poder de evocação, de alusão, de metáfora: cumpria meras funções caseiras. Como disse um deles, era um *shortcut*: um atalho.

As coisas mudaram quando passamos da prosa de Borges para sua poesia. Explico: à diferença da edição inglesa dos contos, resolutamente monolíngue, o volume da poesia completa era bilíngue: o original em espanhol à esquerda, a versão inglesa à direita. A ideia de que existisse um "original" – apesar de eles não o compreenderem, apesar de terem lido tantos contos de Borges onde a própria ideia de originalidade parecia inútil – estranhamente os confortou. Não tanto a disposição das páginas. Acostumados a que o texto original, como em toda edição bilíngue, estivesse à esquerda e sua tradução à direita, sentiam (uso o verbo deliberadamente, porque eles evidentemente *sabiam* que não era assim) que deveria ser ao contrário, que o texto da esquerda em espanhol devia ser a tradução do texto da direita em inglês, aquele que tinham lido primeiro. O alívio inicial que haviam experimentado diante da ideia de um original tingiu-se de desconfiança, desassossego.

Tenho muitas vezes me perguntado se o fato de este curso coincidir com o ataque às Torres Gêmeas – que abalou a todos espacial, temporal e, poderia se dizer, nacionalmente – teve algo a ver com essa curiosa reação. Todos, por um instante, éramos nova-iorquinos, todos éramos *daqui,* todos falávamos inglês *originalmente*. Até eu caí na armadilha: antes de me reunir com a turma pela primeira vez, três dias depois do ataque, vi na lista um sobrenome inconfundivelmente árabe e fiquei inquieta, temendo um confronto, um conflito cultural com que não saberia lidar, um *hijab* impossível de ignorar. No primeiro dia, ao fazer a chamada, identifiquei a aluna: era uma garota *queer,* com mechas de cabelo tingidas de azul brilhante e uma argola na sobrancelha. Agradeci por se tratar de uma diferença que eu sabia traduzir.

LIÇÃO DE ESCRITA

Em termos de escrita, como e por onde um bilíngue entra na língua? O escravo cubano Juan Francisco Manzano (de quem poderíamos dizer que dominava duas línguas, a própria, oral, e o espanhol oitocentista de seu amo) aprende a escrever imitando literalmente a letra do outro, naquela segunda língua que se tornará a sua, quer dizer, uma das suas. Lembro-me de exercícios de mimese semelhantes. Quando escrevi meu primeiro livro em francês, procurei imitar a escrita do meu orientador de tese, prestando muita atenção nas frases feitas que costumavam pontuar seu discurso: por exemplo, *qu'à cela ne tienne*.

Sempre escrevi fora: na intempérie. Durante muito tempo escrevi apenas crítica, não me permitia a escrita de ficção de maneira contínua. "Exile is about telling a story", diz Alicia Borinsky. Mas, eu queria saber, em qual dos meus idiomas? Escrevia fragmentos, com certa culpa, nos três: lembranças, cenas, às vezes a citação de um texto que estava lendo e que disparava a escrita, uma frase bem feita ou uma paródia boba ("Yes, Julia, there was a tiger. But that was not the point"). Tinha a ideia de que essas anotações seriam úteis algum dia e certamente foram. Entreteci muitas delas no meu primeiro romance; também no segundo.

Quando escrevi meus primeiros textos em espanhol, tamisei – o verbo não é excessivo – o que queria dizer através de minhas leituras. Quando decidi escrever em inglês o exercício foi completamente outro. Preparei-me para a tarefa como quem treina para um concurso. Até então o inglês estava destinado, em sua versão mais pragmática, à vida cotidiana do exílio: em sua versão excessiva, não utilitária, aos afetos, presentes e passados. Meu treinamento para recobrar fluência em inglês escrito – fluência e domínio – não foi emular autoridades, mas sim praticar o bric-à-brac: anotava em papeizinhos palavras, expressões, cláusulas adverbiais (em geral adversativas) de que gostava e que eu queria usar: *notwithstanding, hitherto, despite, conversely.* Um pouco como quem plagia: ou, mais precisamente, como alguém que espia uma performance e depois a reproduz. Foi, de certo modo, um exercício autobiográfico, não apenas pelo tema – tratava-se de um livro sobre autobiografias –, mas porque o inglês era língua de lembrança, da lembrança do meu pai. Traduzi-me.

Usei a palavra-chave, crucial para o bilíngue, como lembrança permanente desse "estar entre" que é fatalmente seu modo de fala, de escrita, de tênue vida. E sobre a tradução, uma última anedota: muito tempo atrás, quando voltei à Argentina pela primeira vez depois de anos estudando na França, antes de começar a escrever em espanhol eu me inscrevi com uma amiga em dois concursos de tradução, do francês para o espanhol e do inglês para o espanhol. Era preciso escolher um pseudônimo. Minha amiga dizia que eu sempre ficava deprimida quando traduzia, que estava *gloomy.* De minha parte, eu lia (quando não estava traduzindo) *Trópi-*

co de câncer de Henry Miller, fascinada com a cena do bordel parisiense e o personagem do índio Nanantatee, que defeca num bidê porque não sabe para que serve: o artefato não pertence à sua cultura. Eu e minha amiga escolhemos o pseudônimo *Gloomy Nonentity*. Ganhamos os dois prêmios. Hoje, sem dúvidas, se tivesse que escolher um nome, suprimiria o *gloomy* ou trocaria seu signo. Mas não me sentiria incômoda com o substantivo. Afinal de contas, em que língua sou?

ÍNDICE

Infância 07
Romance familiar 08
Aprendizados 09
Perda 11
J'écris ma lecture 13
Território 15
Mistura 17
Ponto de apoio 18
Língua animal 20
Ecolalias 21
Não querer ser outro 23
Pictures of home 24
Liberdades 25
Cruzamentos bilíngues 26
Bilinguismo imigrante 27
Nome 29
Outro nome 30
Mais sobrenomes 31
Excessos bilíngues 32
Fala caseira 34
Lapso 36
Reconhecimento 37
Violência 38
Mansões verdes e terras púrpuras 39
Voo direto 42
Para não perder o fio da meada 44
Sotaque 45
Ou calvo ou duas perucas 47
Língua e trauma 49
A língua do pai 50
Fronteira 52
Afterthought 54
Texto original 55
Lição de escrita 57

coleção **NOS.OTRAS**

Pronome feminino na primeira pessoa do plural. Desinência de gênero própria da língua espanhola. Sujeito do eu que inclui a noção de outro. Uma coleção de textos escritos por autoras latino-americanas, mulheres brasileiras e hispanofalantes de hoje e de ontem, daqui, dali e de lá. Uma coleção a favor da alteridade e da sororidade, este substantivo ainda não dicionarizado. Nós e outras, nós e elas, nós nelas e elas em nós. NOS.OTRAS pretende aproximar-nos, cruzando fronteiras temporais, geográficas, idiomáticas e narrativas. A proposta é pelo diálogo plural, dar voz e visibilidade a projetos literários heterogêneos que nem sempre encontram espaço editorial. Publicaremos sobretudo não ficção – ensaios, biografias, crônicas, textos epistolares –, mas prosas de gênero híbrido, fronteiriças à ficção, também são bienvenidas. Porque nosotras somos múltiplas.

Curadoria e coordenação editorial:
Mariana Sanchez e Maíra Nassif

© Sylvia Molloy, por acuerdo con Eterna Cadencia Editora, 2010
© Relicário Edições, 2018
Imagem de capa: © Paula Albuquerque, 2018

Dados Internacionais de Catalogação na Publicação (CIP) de acordo com ISBD

M727v	Molloy, Sylvia
	    Viver entre línguas / Sylvia Molloy ; traduzido por Julia Tomasini, Mariana Sanchez. - Belo Horizonte, MG : Relicário, 2018.
	    68 p. : il. ; 13cm x 19cm. – (Coleção Nosotras).
	
	    Tradução de: Vivir entre lenguas
	    Incluí índice.
	    ISBN: 978-85-66786-83-5
	
	    1. Literatura argentina. 2. Relato autobiográfico. 3. Ensaio. 4. Plurilinguismo. 5. Língua. 6. Linguagem. I. Tomasini, Julia. II. Sanchez, Mariana. III. Título. IV. Série.
	
	    CDD 868.9932
	    CDU 821.134.2(82)

2018-1532	

Elaborado por Vagner Rodolfo da Silva - CRB-8/9410

Obra editada com o incentivo do Programa "SUR" de apoio às Traduções do Ministério de Relações Exteriores e Culto da República Argentina.

Obra editada en el marco del Programa "Sur" de Apoyo a las Traducciones del Ministerio de Relaciones Exteriores, Comercio Internacional y Culto de la República Argentina.

Curadoria e coordenação editorial: Mariana Sanchez e Maíra Nassif
Tradução: Julia Tomasini e Mariana Sanchez
Revisão: Mariana di Salvio
Capa, projeto gráfico e diagramação: Paula Albuquerque
Fotografia Sylvia Molloy: Divulgação

Relicário Edições
Rua Machado, 155, casa 2, Colégio Batista | Belo Horizonte, MG, 31110-080
relicarioedicoes.com | contato@relicarioedicoes.com